아침달 시집

무해한 복숭아

이은규

시인의 말

무해한 복숭아를 응원하기 위해

2023년 3월
이은규

차례

1부

터키 아이스크림 12
밤의 물체 주머니 13
수박향, 은어 16
살구 18
수국과 바람구두 20
카스텔라의 건축 22
나와 너와 귤과 탱자 24
밤의 하얀 26
당인리 발전소 29
명랑한 달리기 32
차찬텡 34

2부

흰	38
천칭자리 스티커북	41
납작복숭아	42
목화 씨앗 속삭임	44
자몽망고튤립	46
밤의 포춘 쿠키	48
돌멩이 추	50
후추나무 아래서 재채기 참기	51
흰 숲	54
남산타워	56
수플레 팬케이크	58

3부

자작나무 모빌	62
청귤	65
누가 고양이 목에 방울을 달까	66
통영 미니어처	68
춘분	70
펠롱 에일	72
밤의 크루아상과 토끼	74
대신 쓰는 일기	77
워터프루프, 여름밤	78
붉은 점박이 호박	80
장난감 신부	83

4부

키위, 새 86

봄편지 89

어린 양의 분홍 발굽 90

말에게 속삭이는 사람 93

무럭무럭 인디언 소녀 94

네가 그린 동그라미는
잘도 도네 돌아가네 96

찰리와 초콜릿 공장 98

알로하 알로하 101

복숭아 라이브 드로잉 104

발문

당신의 안부를 묻다-남승원 108

1부

터키 아이스크림

이제 우리 밀고 당김을 시작해보자 밀고 당김으로 밀어를 속삭이자 밀고 당김으로 허공을 깨뜨리자 달콤한 마음을 망가뜨리자 밀고 당김으로 몸을 굽히지 말자 밀고 당김으로 착각하자 밀고 당김으로 춤을 추자 밀고 당김으로 시선을 빼앗자 밀고 당김으로 정지선을 넘어가자 밀고 당김으로 꽃잎처럼 흩날리자 밀고 당김으로 발을 내딛자 아니면 넘어지자 밀고 당김으로 실수하지 않는 실수를 반복하지 말자 밀고 당김으로 무해한 뇌를 선물하자 밀고 당김으로 모국어를 잊자 온 힘을 다해 하찮아지자 밀고 당김으로 눈앞이 하얘지자 밀고 당김으로 이정표가 되자 밀고 당김으로 아름다운 보호색을 가진 새인 척하자 약속처럼 가능하다면 밀고 당김으로 밀고 당김을 가려보자 밀고 당김으로 예쁘게 용감해지자 밀고 당김으로 끝내 밀고 당겨보자 밀고 당김으로 현기증을 견뎌내자 밀고 당김으로 빙빙 도는 봄을 따돌리자 밀고 당김으로 그림자끼리 포옹하자 잠시 멈춤하자 다시 처음인 듯 밀고 당김으로

밤의 물체 주머니

단풍나무 씨앗이 여기 왜 들어 있을까

친절한 재배법, 묘판에 파종하여 10cm 자랐을 때 세 뼘 간격으로 옮겨 심는다 발아가 시작되면 건조하지 않도록 물을 준다

그 물체 주머니 있잖아요

단추, 주사위, 고무공, 조개껍질과 돌멩이 사이에 웅크리고 있던 씨앗 봉투

지난가을 내내 헬렌과 니어링의 이야기를 읽었습니다 책 제목은 아름다운 삶, 사랑 그리고 마무리

그러나 나는 도무지 어렵기만 해요 아름다움도 삶도 사랑도 마무리도, 웬일인지 그런 단어들을 떠올리면 괜히 마음이 뾰족해집니다

작은 시골 마을 버몬트에서 메이플 시럽을 만들어 자급자족했다고 하지요

우리 상상해볼까요 둥근 탁자에 앉아 있는 두 사람의 뒷모습을 그 사이 달콤했을 저녁의 공기를

시럽이 눌어붙지 않도록 나무 주걱으로 오래 젓는 일상, 일생

처음으로 함께 본 전시회 티켓, 여행 기념으로 나눠 가진 네잎클로버 키링 그리고 산책길에 주운 반은 푸르고 반은 붉게 물든 단풍잎이 담겨 있던

우리들에게도 물체 주머니가 있었던 것 같습니다

탁상시계 건전지함에 한 사람이 숨겨놓은 시간이 이렇게 흘렀군요, 라는 쪽지의 문장은 내내 고요하고요

그러나 나는 아직 한 사람을 포기하지 않고 한 사람을 사랑하는 방법을 모르고, 몰랐으면 좋겠고

버몬트 숲 단풍잎이 붉게 물들어갈 텐데 나는 지워진 한 사람의 이름을 가만히 바라볼 뿐입니다

이제 물체 주머니는 열리지 않아요

밤, 단풍나무 씨앗도 잠드는

수박향, 은어

한낮의 여름
수박향이 나는 물고기에 대해 알고 있니
은어라는 이름의 물고기래
때로 어떤 문장은 화석처럼 박힌다

언젠가 우리 물 맑은 곳으로 떠나자, 약속
뾰족했던 마음이 한결 둥글어질 거야
나는 생각했다
한 사람의 눈동자보다 깊은 수심은 없어, 어디에도

흐리고 비 흐리고 가끔 비

물고기에게서 어떻게 수박향이 날까
은어는 초록 이끼를 먹고 무럭무럭 자라난대
허공에 떠다니는 우울을 알뜰하게 모아
바라봤다 나는
우리 사이, 이끼와 수박향의 거리만큼 가깝게 먼

흥얼거리는 콧노래도 없이 투명한 한낮
약속처럼 언젠가는 오지 않았고
몇 번의 여름을 서툴게 배웅하는 동안
나는 잃어버린 적 없는 시간을 그리워했다, 때때로

저기 밤의 웅덩이에서 피어오르는 목소리
은어가 돌아올 때까지 뭘 하며 지낼 거야
여름이 오지 않기를 믿으며 바라며
뭘 하며 지낼 거야 한 사람이 사라지면
원이 닫히지 않기를 바라며 믿을래

종이 위 빗방울이 마르는 동안만 뭉클할 것, 내내

이제 수박 예쁘게 자르는 방법을 지우며
수심을 다스리자, 초록 이끼로 번지는 우울들아

먼 데 화석으로 밤을 건너는 물고기자리

살구

살구나무 그늘에 앉아 생각한다

손차양, 한 사람의 미간을 위해
다른 한 사람이 만들어준
세상에서 가장 깊고 가장 넓은 지붕

그 지붕 아래서 한 사람은
한낮 눈부신 햇빛을
지나가는 새의 부리가 전하는 말을
부고처럼 갑자기 들이치는 빗발을
오래 바라보며 견뎠을까, 견딤을 견뎠을까
한 생이 간다 해도 온다 해도 좋을

이제 한 사람은 없고
긴 그늘을 얼굴에 드리운 한 사람만 남았다
살구나무는 잘 있지요
안 들리는 안부는 의문문과 평서문 사이에 있고

살구꽃말은 수줍음 또는 의혹

남은 한 사람의 과제는
살구라는 여린 이름에 대해 생각해보는 것
그 이름 안쪽에 누군가 숨겨놓은 비밀비밀
살구殺狗, 나무에 개를 매달아 손님께 살뜰히 대접하자
다음 해 하양과 분홍을 다투며
꽃들이 만발했다는 오래된 이야기
나무의 기억들이 나이테에 새겨지듯

수줍음과 의혹으로 가득 찬 페이지는 무겁다

때로 어떤 예감은 법칙보다 서늘하고
저 새는 왜 오래된 이야기를 물고 왔을까
후드득 살구 한 알이 땅에 떨어지는 순간

먼 속삭임들, 닿을 텐데 닿을 것만 같은데

수국과 바람구두

물을 좋아한다 했다
창백한 얼굴에 몇 겹 그늘을 드리우고

푸른 수국 한 송이가
사람으로 태어나면 네가 되겠구나
그렇다면 너의 꽃말은 냉정이겠네, 혹은 변심

오래전 바람구두를 신은 시인은 말했다
사랑은 다시 발명되어야 한다
발명이라니

때로 어떤 독백은 먼 시간을 돌아 방백이 된다

나는 잘못된 인내로 생을 탕진하는 중이야
한 사람의 꽃말을 서툴게 흉내 내며
없는 향기에 아득해지는 정신을 잃으며 달래가며
꽃과 숨기장난하는 철없는 나비처럼

몇 번의 봄이 오고 가는 사이

버려야겠다, 길고 긴 인내의 습관을
꽃보다 수국의 잎을 말리자
차를 달이자

이유 없이 가슴이 두근거릴 때
때때로 열이 올라 분홍을 마구 들킬 때
한 호흡 더 차가운 심장이 필요할 때
차 마시기, 효능이 나타나지 않기를 바라며

흰 백자같이 말갛게 개인 얼굴로
물을 좋아하지 않는다 했다

그럼에도 불구하고 꽃말은 변심이겠네, 혹은 냉정
한 송이 푸른 수국이
사람으로 태어나면 내가 되겠구나

카스텔라의 건축

해 질 녘 창가
둥근 탁자가 있습니다
천천히 데운 흰 우유가 있습니다
접시 위에 카스텔라가 놓여 있습니다
나이테를 기억하는 나무 포크가 있습니다

구름 맛 우유는 따뜻하고
붉게 피어오르는 노을
노트 페이지를 가만히 넘기면
카스텔라를 나눠 먹으며 서로의 입술에 묻은
보이는 안 보이는 설탕 알갱이를 훔치던 기억
함부로 훔친 마음과 같이
한 모금 우유에 풀린 건 카스텔라만은 아니었을 것
살살, 두 사람의 하늘 위로만 별들이 떠올랐나

그럼에도 한집에 살 수 없다면 떠나자
떠나간 곳에서도 집을 짓고 살 수 없다면
노을빛으로 부풀어 오르는 카스텔라를 굽자

단단한 다짐은 아름다운 건축과도 같고

자신이 죽었다는 사실을 잊어버린 신처럼
우유가 식어가는 줄 몰랐던 한 사람과 한 사람
긴 그림자가 슬픔을 뒤돌아볼 때
산산이 무너져 내린 다짐에 대해 침묵할 것
카스텔라에 관해서는 카스텔라에게 질문하기

아직 해 질 녘 창가와
탁자와 우유와 나무 포크와
노을과 카스텔라와 설탕 알갱이가 있습니다만
이름이 지워진 안부를 수소문 중입니다
한 사람만 결석한 한 사람의 생일

모든 기억은 습기에 취약하고
지나친 슬픔은 몸에 해롭습니다만
하루 한 번 일용할 양식인 카스텔라를 굽습니다
창가, 해 질 녘 증후군

나와 너와 귤과 탱자

오래전 시인은 가도 가도 왕십리, 노래하며 울었습니다 노래는 노래이고 울음은 울음으로 알고 있습니다만, 때로 원치 않는 주특기는 사절할 줄도 알아야겠습니다 그럼에도 돌려주지 못한 낱말 하나가 목에 걸려 있는 것도 같습니다 출처 없는, 목에 걸린 그 무엇은 둥글고 향기로워서 주머니 속 열매를 닮기도 했습니다 혀끝에서 맴도는 이름보다, 새콤한 해 질 녘입니다 함께 읽었던 서사에서는 한 알의 귤이 탱자가 되는 이치를 환경으로 보았습니다 서로의 환경이 되어주던 시절은 지나갔습니다 그림자조차 밤의 웅덩이로 사라지는 중입니다 그렇습니다 귤이 탱자가 되는 동안만 한 사람을 생각하기로 다짐합니다 단호하게 약속을 약속해봅니다 어기는 것으로 다짐하며 왕십리를 걷습니다 문득 예기치 않은 모퉁이에서 한 사람을 만나게 된다면 해 질 녘 산책을 산뜻하게 마칠 예정입니다 문득 너는 내게 물을 수 있습니다 주머니에 든 게 무엇이니, 나는 무해한 신발코를 바라보는 것으로 대신하겠습니다 눈 내리는 겨울밤 나눠 먹던 귤의 표정으로 말입니다 출처 없이 흩날리는 낱말이 밤공기 속으로 스며듭니다 후드득, 어디선가 가시 돋친 탱자 한 알이 떨어져도 놀라지 않겠습니다 지구는 온몸이 부서질 정도로 아프지는 않을 것입니다 가던 길 계속 가겠습니다 가도 가도 왕십리, 노래하며 우는 방향 쪽으로 한 뼘 더

밤의 하얀

별이 눈을 감았다 뜨는 밤

한 사람이
양 한 마리 양 두 마리를 세고 있습니다

기원은 멀리 초원의 일
목동들은 양 떼가 맹수들에게 잡아먹히면 어쩌나
밤늦도록 걱정하는 일이 많았다고 합니다
무사히 우리 안으로 뛰어드는 양들을 상상하며
잠을 청했다는 책의 한 페이지

오늘의 한 사람은
어린 양입니까 인간입니까
반은 양이고 반은 인간의 모습으로 웅크리고 있는
초원의 건초 더미에 불을 놓은 듯
피어오르는 불안으로 가슴이 벅차오르는군요
스스로 제물이 되다니

한 사람을 위한 나의 소원은
양의 털과 아기의 살을 아름답게 깁는 것
밤새 안 들리는 문장들에 귀 기울여
서사를 기록하는 일

사람들이 고개를 갸우뚱거릴 텐데요
기묘한 이야기로군
어떻게 반은 양이고 반은 인간일 수 있을까
가만히 떠올려봅니다
이 서사는 양의 악몽일까, 인간의 악몽일까

모든 포유류의 울음에는
별들의 희미한 메아리가 새겨져 있고
서사의 탄생을 누군가 지켜보고 있습니다

커다란 눈이 반짝이는데 구원의 뿔이 없다면
경전에 밑줄 긋지만 신을 믿지 않는다면
양의 얼굴인데 인간의 울음소리라면

서사 밖에서 떨고 있는 목소리가
세계의 모든 소음을 바라보고 있습니다

하얀 잠 속으로 양 떼가 뛰어 들어오고
손등에 내려앉는 순간 스며드는 불행처럼
밀어낼수록 가까이 불어오는 눈송이, 눈송이들

숨겨놓은 베개 밑 노트의 문장
한 사람에게는 한 사람의 서사가 있습니다

그럼에도 겨울에 도착하겠습니다
밤의 하얀 노트를 펼쳐
무엇이든 적어보겠습니다

아름답게, 기묘하게

당인리 발전소

마음에 불을 지펴야겠다, 너는 말했다
그래 그럼 당인리 발전소로 출발

이번 생에 화력발전소는 못 세우고
꽃구경이라도 자주 가자 담합을 한 것

문득 다 뜻이 있어, 라는 말이 떠올랐는데
봄뜻
오는 뜻이 있으면 가는 뜻도 있을 텐데
가는 뜻은 영원히 몰라도 좋았다

그런데 있잖아
네가 물었다

이수일과 심순애가 나오는 장한몽에 당인리 풍경이 나오는 거 알고 있어 저 밤하늘의 둥근 달이 흐리거든 널 생각하며 흘린 눈물 때문인 줄 알아 했던 그 뉴웨이브 말이야

순애야 고리대금업자에게 갔으면 잘 살지 병석에는 왜 눕누 돌아올 거면 가기는 왜 가누 수일도 적잖이 애를 썼는데 앙금이 없지는 않았겠지

그래서 결말이 어떻게 됐지
오래된 이야기 알 게 뭐니

가까스로 해피엔딩은
어쩐지 때를 놓친 꽃같고
모든 것은 타이밍이야, 정성을 다해 참견하며
발전소 주변 벚꽃길을 걸었다

봄밤
거짓말처럼 벚꽃이 아름다웠다
가능한 일일까

잎을 먼저 보낸 꽃이 해맑게 웃고 있다니 에너지가 대단한데 대단한데 감탄하는 사이 꽃 속에 꽃피우다, 라는

문장이 완성될 것만 같았다

갑자기 네가 말했었나
바보야
에너지는 실체가 아니야
어떤 계산에 의해 작동되는 거야

그런 어려운 이야기는 잘 모르겠고
나는 해맑을래

지난 봄을 깨끗이 잊고 피어오르는
저 벚꽃을 흉내낼래

지속 가능한 발전을 위해
노력하지 않을 것
아름다운 비문이 마구마구 피어나도록

명랑한 달리기

나는 달린다 멀리

앞서가는 자전거 도둑도 씽씽 달린다
그런데 도둑이 그렇게 경쾌해도 되나요
강변에 둥근 나팔꽃이 피어 있다
나팔꽃이 뿌뿌 나팔을 불어대면
그 소리를 응원 삼아 달린다, 투명한 하늘

어쩌면 우리의 슬픔은 사랑이 끝나서가 아니라
한 사람의 마음만 계속되기 때문일지도 몰라요

그날 기차를 놓치지 않았다면 어떻게 되었을까
우리는 만날 수 있었을까, 영영
만약의 만약

가정법은 영원한 감옥이라고 고개를 내저었는데
그렇게도 정성스러운 믿음을 이어가고 있다니

한 사람이 죽는다면
다른 한 사람이 죽는다면
한 사람과 다른 한 사람이 산다면
기억을 되감기하는 것으로 한 생이 가요
다 가지 않아요

이제 법칙은 됐고 그냥, 달려
심장박동이 들리는 동안만 살아 있는 거잖아요
지구는 둥그니까 자꾸 달려나가면
온 세상 당신을 다 만나지 않아도 좋아

달리기로 마음의 병을 고쳤다는 문장을 쓰지 않을 것
그런 날이 오기를 바라며 바라지 않으며
땀 흘리면 흘릴수록 눈물이 줄어들 거야
영화 속 대사를 떠올리며
갈림길에서 길을 잃어야겠다

나는 멀리 더 멀리

차찬텡

홍콩, 우리의 아침을 상상해볼까 그곳으로 떠나볼까 집이 아닌 방을 구하고 살아볼까 손을 내밀지 않아도 닿을 수 있는 좁지만 밝은, 아침이면 차와 식사를 함께 할 수 있는 차찬텡茶餐庭으로 갈까 간판 없는 간이식당의 단골이 되어 매일 아침 뭉근하게 끓인 흰 쌀죽을 훌훌 마실까 금세 속이 따뜻해질까 차오를까 맛있게 잘 먹었다, 해맑게 웃을까 밀크티에 커피를 섞은 원앙차를 마시며 하루를 시작할까 한 쌍의 원앙이 될 수 있을까 원앙 따위 꿈꾸지 않아도 좋을까 여행 안내책에는 잘 만든 원앙차는 커피와 밀크티 맛 어느 쪽으로도 치우치지 않는다, 라고 적혀 있지 그런데 우리는 왜 밸런스 게임보다 편애하기를 즐겨할까 차찬텡 차찬텡 반복되는 노래의 후렴처럼 흘러가기를 즐겨할까 테이블 회전율보다 우리의 시간이 빠르게 흐를까 집이 아닌 방이 좋아 식당보다 간이식당이 좋아 번듯한 우리가 아니라서 우리가 좋아 아무래도 떠나지 못할 우리가 좋아, 홍콩

2부

흰

섬에 도착한 직후
너는 도저히 참을 수가 없다고 했다
바다조차 힙하지 않으면

반짝반짝 펠롱펠롱 별 대신 바다 뷰 카페의 필라멘트 전구들이 눈을 감았다 잘도 떴다 힙하다, 라는 말의 뜻을 나는 잘 몰랐지만 아 그렇구나

바람구두를 즐겨 신었던 랭보는
더 이상 참을 수 없는 게 없다는 사실에 절망했다
그가 무기상이 되어 떠돌다 죽었다는 이야기를
아직 믿을 수 없고

알고 있지 이 섬에 바람, 돌, 여자가 많다는 거 아 그렇구나 다시 태어나면 정물이 되고 싶다던 한 사람의 이름이 떠올랐지만 금세 지우기 위해 노력했다

매진, 구좌 당근 케이크 먹기에 실패한 네가

팽하고 토라진 것과 무관하게
다음 여정인 신당의 팽나무 한 그루 앞에 도착했다
소원을 들어준다는 나무에는
가지마다 흰 종이들이 묶여 있고

오래전 글 모르는 이들이 저 흰 종이를 가슴에 대고 소원을 빌었다는데, 왜 모든 소원에는 지울 수 없는 이름이 숨겨져 있을까

추운 바람이 불어오면
나뭇가지 어디쯤 매달려 있는 한 사람의 소원이
밤바다 웅—웅 울 것만 같고

한 번도 가보지 못한 곳을 문득 그리워하는 사람처럼 내가 엉뚱해, 처음 와본 바다 풍경을 오랫동안 그리워할 수 있다니

저기 붉은 동백숲은 싫고

흰 까멜리아는 좋아
샤넬 미니백을 검색하던 네가 투명하게 웃을 때

오늘의 마지막 여정이 이어지고 있었다
바람구두도 없이
해 저무는

천칭자리 스티커북

봄이 되면 겨울철 별자리들은 서쪽 방향을 향해 기울어집니다 절기 내내 하늘에 별들이 보이지 않아요 그럼에도 괜찮습니다 짙푸른 하늘이 그려진 스티커북이 펼쳐져 있기 때문이지요 눈이 아프게 흩뿌려진 별들, 별자리들의 실루엣이 점선으로 그려져 있지요 모양에 맞는 스티커를 찾아 붙이면 되는 놀이, 그림판과 스티커 뒷면이 매끄러워 실수를 해도 몇 번이든 다시 떼었다 붙일 수 있어요 놀이로 배우는 너그러움입니다 배움은 왜 우리를 앞지르거나 뒤쫓아 오는 걸까요 그럼에도 불구하고 어릴 적 저를 찾아와 이 놀이를 선물해주세요 잘못 붙여도 다시 떼었다 붙일 수 있다는 사실을 알려줄 놀이, 일찍 배움을 얻었다면 실수를 두려워하는 실수를 하지 않았겠지요 잘못 쓴 글씨 하나 때문에 다 쓴 편지를 찢고 싶었던 시간들이 길었어요 그때의 나는 비뚤어진 선 하나가 오래 아팠습니다 마음을 다친 아이가 비뚤어질 거야, 라고 중얼거리고 있군요 저에게 천칭자리 스티커북을 선물해주세요 선악을 재어 운명을 결정한다는 천칭자리, 모든 것을 재기 위해 아무것도 재지 않기 위해 오고 있을 어제를 환영하기 위해

납작복숭아

세상에서 가장 예쁜 게 무엇일까
그 대신 납작복숭아 한 알을 샀다
오래된 신화에서 영생을 안겨준다던 열매
비밀의 문장에 밑줄을 그었기에

나는 한 사람의 입김에만 꽃 피우는 나무
둥근 복숭아가 거짓말처럼 탐스럽다면
어쩐지 납작복숭아는 숨겨놓은 마음
생각만으로 분홍이 차올랐나 번졌나

얇은 종이봉투에 담긴 복숭아가
도착하는 동안 상하지 않을까 아까워
한 발 한 발 조심조심 네게 걸어갔다
기다림을 기다려주세요, 기다림을

복숭아의 안부가 궁금했지만 참았다
아무래도 손을 타면 안 될 것 같아서
금세라도 분홍이 물러질 것만 같아서

태어나지 않은 아이가 너무 예뻐서
이름부터 지었다는 한 사람의 마음처럼

노을은 붉고 발등은 부어오르는데
아무리 걸어가도 너는 보이지 않고

후드득 떨어지는 빗방울의 문장
지나친 후숙은 언제나 옳지 않다
이제 너는 없는 사람
너는 이제 없는 사람
오래된 사실을 무던히도 망각하는구나
납작해진 마음이 뭉클 물러지고
길 위에 주저앉았나, 부끄러움도 없이

세상 가장 예쁜 걸 볼 수 없는 사람
세상 가장 예쁜 걸 줄 수 없는 사람
비밀의 문장에 함부로 밑줄을 그었기에
오래된 신화가 약속한 영생을 믿었기에

목화 씨앗 속삭임

별이 뜰 것만 같은 밤

구름 모양 탁자 위에 목화 씨앗 흩어져 있습니다
몇 송이 목화송이 함께 놓여 있고요

작은 양팔저울도 보입니다
무게를 재는 원리는 수평에 있지요
균형을 잃지 않는 것이 오랜 소원입니다만

먼저 다정한 마음과
다정할 마음 중에서
무엇을 건네줄까 궁리하는 한 사람이 있지요
도무지 잴 수 없는 무게일 때
양팔 저울을 사용해보십시오
왼쪽 접시에 목화 씨앗을
목화송이를 오른쪽 접시에 올려놓습니다
기울어지는 마음이 더 무거운 이치

헤어질 때 다정한 사람이 덜 사랑한다
덜 다정한 사람이 더 사랑한다는 문장
그런 법칙, 어느 쪽에도 기울지 않는 마음입니다
먼 하양과 가까운 분홍보다 하양분홍이 좋아요
모든 고백은 출처 없이도 아름다운 인용
학명을 잊는 순간 꽃이 꽃처럼 보이듯

목화 씨앗 한 알과
한 송이 목화의 무게를 재려다 그만 멈춥니다
기울어진 어깨로도 포옹은 가능해요
그러니 속삭이는 말에 기지개를 켜고 멀리 날아가렴
파종은 멀지 않을 것

한 사람이 희미해질 때마다 씨앗점을 찍어요
그 점들을 이어 아직 오지 않은 별자리를 그리면
저만치 누군가 양팔을 벌리고 서 있을지도 모릅니다

한 손에 하양을 다른 손에 분홍을 물들이고

자몽망고튤립

왕십리, 가도가도 맴도는 곳에 발이 묶이고
헤어질 사람에게 지어주는 다정한 호칭

자몽망고튤립에 대해 들어보셨나요
자몽과 망고와 튤립

가만히 천장을 바라보며 안 보이는 자몽과 망고를 한 조각씩 잘라 튤립으로 이어 붙여봅니다 짱짱 언 꽃잎을 짓이겨 두 세계를 녹여내는 것 그러고는 마구 지우는

그 꽃을 자몽망고튤립이라 부르고
부를 때마다 이상한 이름이라며 갸우뚱거렸는데요
금이 간 하얀 천장에 피어 있는 것 그대로
안 보이는 대로

해맑은 광기가 피어오릅니다 색은 있는데 향기가 없어요 피어난 기억은 있는데 피어나는 법칙은 모릅니다 절반은 과일이고 절반은 꽃이래요

미래에서 기다리지 마, 고개 젓는 한 사람 세상의 모든 꽃들이 피어나기를 기다리는 중입니다 안 들리는 향기에 귀가 멀고

길을 잃기 위해 노력 중입니다
함부로 받은 꽃다발들이 시들었으므로
이제 자몽도 망고도 아닌 자몽망고튤립인데요

모든 이름은 영원한 미래

문 밖에는 훨씬 이상한 문장들이 자라나고
그러니 꽃을 주세요
언제나 도착 중인 튤립 한 송이를

단호하게 속삭입니다
가도 가도 맴도는 곳에 발이 묶일래, 왕십리

밤의 포춘 쿠키

탁자가 있고 둥근 탁자가 있고
오늘밤 부서지며 사라지는 이름들을 불러보자
좋아 불가능하게 무거운 별이나
함께 나눠 먹었던 수많은 쿠키를 떠올려도 좋아

어쩌면 별과 쿠키보다
그 사이를 가득 메운
밤의 공기들이 먼저 떠오를지도

모든 이름들 속에
네가 있겠니 내가 있겠니
우리라는 이름이 없어서 다행이구나 안타깝구나
아름다운 꽃과 꽃의 아름다움에 관해서는 아껴두자
들여다보자, 가만히 오래

거리를 배회하는 사람들을 위해
쪽지 넣은 쿠키를 만든 데서 유래했다지
그때는 성경 구절이 담겨 있었다는데

긴 서사가 혀끝에서 혀끝으로 옮겨지듯
하양분홍 꽃들이 앞다투어 속삭인다면

습관처럼 기적이 내리기를 기다렸었나
별똥별
오늘의 포춘 쿠키 속에는 행운이 자리합니까
행운의 문장들이 자리합니까
도무지 대답할 수 없는 질문들이
밤의 웅덩이 속으로 사라지고

누군가 포춘 쿠키의 입을 빌어 말한다
나를 깨뜨리지 마라
불운을 각오하고 새로운 문장을 추앙하렴

문장 한 줄로 인생이 바뀌지 않는다는 걸
바뀌어서는 안 된다는 걸 기억하자
탁자가 있고 둥근 탁자가 있고
문장도 없이 들려오는 목소리가 흩어지기 전에

돌멩이 추

딸의 소풍에 따라간 시인은 수건놀이를 하는 아이들을 가만히 바라보았다 수건이 빙빙 돌고 하늘도 따라 도는 투명한 오후, 나무 그늘 아래 시인은 자리를 잡았다 문득 딸이 돌아보았을 때 시인은 가슴에 돌멩이 하나를 올려놓은 채 누워 있었다고 한다 아빠 왜 그러세요 질문하는 딸에게 날아갈까 봐, 라고 대답했다는 이야기 때로 어떤 돌멩이는 훌륭한 추錘가 되어 무겁다 눈에 밟힌다, 라는 문장을 쓰지 않기 위해 노력한다 자주 보는 애니메이션에 나오는 여주인공은 해맑은 표정으로 말했다 원래 마음은 무거운 거야, 오늘의 나는 문진으로 쓰는 책상 위 돌멩이를 보고 있다 너무 무거운 문장들은 또 얼마나 날고 싶어 하는지를 오래 생각하며

후추나무 아래서 재채기 참기

어떤 열매 속에는 하얀
재채기가 살고 있다

함께 국경을 넘기에는 명분이 필요했는데
엉뚱하게도 향신료 여행

그곳의 후추나무 열매는 언제나 풍년, 매해 하늘에서 내려온 열매가 무럭무럭 자라나 멀리서 바라보기만 해도 코끝을 간질이곤 한다는데

농장주는 친절했지 후추나무는 반그늘에서 잘 자라요 꽃은 의외롭게도 흰빛, 잎은 어긋나게 올라와요 늦봄에서 초여름 열매 맺어요 후추 열매 껍질은 달고 씨는 매워요

아 그렇군요 반그늘이라는 말이 너무 좋아, 투명하게 웃었었나 우리들 웃음소리에 후추 열매 한 알이 땅 위로 떨어졌었나 그렇다면 우연이거나 우연일 뿐

햇살 아래 한 사람의 검은 눈동자가
여전히 빛나고 있을 것만 같다

후추나무 아래서 재채기를 참는 일은
시차를 거스르는 일과 같고

한쪽으로만 기울어지는 마음은 이미 고장 난 것
나도 모르게 터져 나오는 고백이라니

사진 속 미풍이 이곳까지 불어온다
한 사람의 이름을 발음할 때마다

이제 명분은 처음부터 없었던 대의를 잃었고
펼쳐지기를 기다리는 일기장 속에 숨어 있어

하얀 밤의 국경을 넘을 때마다 무언가 쉴 새 없이 줍는 꿈을 꾸곤 해 땅에 떨어진 후추 열매 한 알까지 다 주울 거야 기억 알갱이를 모을 거야, 그럴수록 흩어지는

시차에 눈이 멀어
아름다운 비문을 나누던 우리가 있었다

눈 내리는 겨울에 후추나무 열매가 열린다면 어떨까 후추, 후추 추임새를 넣으며 어긋난 시간들에 미친 박수를 보낼 거야 재채기를 하다 코가 사라져도 멈추지 않을 거야

국경을 함께 넘다 흩어져도 좋을 텐데
단호하게 빨아지는 후추 열매처럼 기꺼이

흰 숲

나무의 이름 안쪽에는
자작자작 모닥불 소리가 잠들어 있고

오래전 북방의 시인은
온통 자작나무다, 라는 문장을 썼다
행간 사이로 눈발이 내리면
세상이 금세 흰 종이로 변할 것만 같은데

추운 바람으로부터 부름켜를 지키기 위해
나무는 종이처럼 얇은 껍질을 겹겹이 두르고 있다
마음만은 얼지 않도록 부둥켜안았던 우리처럼
두꺼운 외투보다 모닥불보다, 포옹

가만가만 눈 내리는 동안
세상은 온통 내재율로 가득하다
언젠가 당신은 자작나무 껍질을 벗겨
경전의 문장을 옮겨 적었다는 역사를 들려주었지
나는 아무것도 적지 않는 편을 택하겠어

괜히 결연했었나 문득 안겼었나

그러나 나는 이제 먼 길을 돌아
오늘의 흰 숲에 와서야 오래전의 편지를 쓴다
자작나무의 꽃말은 당신을 기다립니다
한 줄 쓰면 한 줄 지워지는 문장들
당신만 결석한 우리들의 겨울 소풍
온통 내재율로 가득하고 세상은
눈 내리는 동안 가만가만

나무둥치에 귀 기울이면
기다리다 그만 돌아갑니다
나이테 너머 한 사람의 문장이 도착할까
우리들의 겨울 소풍
당신만 결석한

고요한 안부가 붐비는 흰 숲 사이
포옹의 습관을 잃고 서 있는 우두커니, 한 점

남산타워

나는 그날의 남산타워에 조용히 앉아 있습니다

조금 전 두 사람의 이름이 적힌 자물쇠를 걸어두고 산을 내려가는 사람은 누구입니까 이름이 지워진 사람인지 아닌지 모르겠습니다

그런 일이 종종 있어요
겨울에 꽃이 피고 가을에 장마가 지고
여름에 잎이 물들고 봄에 눈이 쌓이고

어떤 세계에서는 겨울에 핀 꽃도 얼어 죽지 않아요 얼지마 죽지마 부활할 거야 주문을 흉내내면 봄눈이 마시멜로 위 설탕처럼 포근해질 것 같습니다

그날의 다이어리에 사랑의 자물쇠를 채우던 순간 거짓말처럼 무지개가 떴다, 라는 문장이 적혀 있습니다 좋은 징조인 것 같아 함부로 기뻐했던

종종 그런 일이 있어요
짧은 문장 하나에 하늘이 무너지고
수많은 자물쇠에 하나가 더해지면 남산이 와르르 무너져
왜 오늘 마음이 무너져

나는 서사를 너무 많이 읽었고 망상을 즐겨하는 오랜 습관을 갖고 있습니다 무엇보다 이제 가만히 앉아 있는 사람입니까

너무 이르거나 너무 늦은 봄눈을 맞아 꽝꽝 꽝꽝 얼어버린 자물쇠, 오늘의 전리품은 혼자 추울까 언젠가 상냥한 봄눈에 툭—하고 부러지던 나뭇가지를 본 적 있습니다

우리가 즐겨봤던 애니메이션에서의 해맑은 하울링, 마음은 원래 무거운 거야 마음은 봄눈처럼 쌓이는 거야

그 문장이 멀리 있을까, 멀리 와 있을까

수플레 팬케이크

순식간에 부풀어 오르는 꿈을 떠올리게 한다 포근한 수플레 팬케이크는, 코끝을 간질이는 수플레 팬케이크의 꿈마저 사라진다면 좋겠다 이제 봄날의 대기를 향해 천천히 사라지는 일만이 남아 있을 것 만약 수플레 팬케이크마저 흔적도 없이 사라진다면 좋겠다 접시마저 사라진다면 좋겠다 테이블마저 사라진다면 좋겠다 그 풍경에 대한 기억이 순식간에 사라진다면 좋겠다 사랑스러운 실패작 부풀어 오르다 사라진 이름들 수플레 팬케이크에 슈가 파우더를 예쁘게 뿌리는 방법에서부터 국경을 넘어 이뤄야 할 원대한 꿈에 이르기까지 그럼에도 불구하고 잘 부풀어 오를 수플레 팬케이크의 건축에 대해

3부

자작나무 모빌

누워서 바라보기, 눈을 깜빡이지 않기 위해 노력할수록 천장이 우르르 무너져 내릴 것만 같았다

모빌, 자작나무를 깎아 만든
해와 달과 별을 실로 매달아 균형을 이룬

바라보다 잠들면 깨지 않고 포근할 거야, 한 사람이 속삭이며 건네주던

하루 한 번 광합성

그런데 왜 관성처럼 그늘진 쪽으로 몸이 기울어 살랑, 해질 녘 바람에도 나는 흔들려 달을 향해 마음이 기울어 밀려오는 것으로 가는 밤

몇 해 전 다이어리에 노란별 스티커
천문대 있는 그곳으로 겨울 여행가자
두 뺨에 사과빛 물들도록 걷고 또 걷자

약속은 아직 약속이고

흔들리다 멈추다, 모빌
기억은 공중에 떠 있다

헤어지자

때로 어떤 문장은 공기의 흐름을 바꾼다 안 보이는 마음이 쿵—내려앉을 때 어디선가 사과 한 알이 떨어졌다 지구는 부서질 정도로 아팠다

한낮의 여름 이제 인간도 아가미로 숨 쉬어야 할 것 같아 그렇지, 그렇지 이마에 맺힌 땀을 서로 닦아주며 투명하게 웃던

만약 그날의 날씨가 한없이 쾌청했다면 습도 90퍼센트가 넘지 않았다면 여름이 아닌 겨울이었다면 오래 더 다정했을까 아직 우리였을까

해와 달과 별 그리고
몸과 마음아

고대 수사학 시간에 배웠었나 여러분 가정법은 모든 경우의 수를 둘러싼 수많은 가능성을 위해 필요해요

나는 우주보다 넓은 가능성에 말문이 막혀
언젠가 약속이 이뤄질 거야, 라는
문장을 쓰기 위해
쓰지 않기 위해 노력할 것

다정한 가정법의 감옥이여 안녕

천장은 아직 무너지지 않았는데, 새벽을 지나

☾ 이상, 「최후」 부분.

청귤

바라보는 것만으로 순식간에 고이는 침샘을 떠올리게 한다 봄부터 차오른 푸를청 푸를청 청귤은, 콧잔등을 찡긋하게 만드는 청귤의 꿈마저 사라진다면 어떠할까 한낮의 여름, 이제 가을 겨울의 대기를 향해 천천히 사라지는 일만이 남아 있을 것 만약 청귤마저 흔적도 없이 사라진다면 바구니마저 사라진다면 탁자마저 사라진다면, 그 풍경에 대한 기억이 순식간에 사라진다면 어떠할까 사랑스러운 절망, 무르익기 전 시큼하다 사라진 이름들 청귤을 가지런히 썰어 흰 설탕을 뿌리는 방법에서부터, 깨진 무릎으로라도 밤의 국경을 넘어 이뤄야 할 철없는 꿈에 이르기까지 그럼에도 불구하고 푸를청 푸를청 멍든 빛으로 빛나는 청귤의 표정에 대해

누가 고양이 목에 방울을 달까

고양이야
붉게 갈라진 혀가 꽃의 피어난 그것과 같구나
네게 무엇을 들려줄까
포도알처럼 짙은 눈동자로 나를 보는 네게

나는 오래도록
누가 고양이 목에 방울을 달까, 질문하느라
절기가 오는 줄도 가는 줄도 몰랐었나
오래도록 나는
방울 소리에 놀라 흩어져버린 말들을 줍느라
모른 척했었나 절기가 가는 줄도 오는 줄도

포도나무 가지가 천천히 말라가는데
후드득, 떨어지다 멈춘 빗소리는 웃음소리 같았다
은혜롭게 내리소서 신의 비웃음이여
아득한 웃음에 귀가 멀었을까
멀어도 좋으니 한 말씀만 내리소서 손 모았을까

탈출하지 않을 것, 아름다운 지옥
망설이는 발자국이 만들어낸 가정법으로부터
먼 데서 방울 소리가 실어온 문장들은
이미 벌써 완성된 지 오래이므로
투명하게 웃는 잇몸으로 구름이 전하는 말
오, 아가 세상에 요령 같은 건 없단다

이제 나는 머리에 꽃을 매단 운명과 숨기장난 하는
밤새 갈라진 혀로 문장을 잘도 지어내는
아름다움을 잘도 깨뜨릴 줄 아는
나는 이제 안 들리는 방울 소리에 몸을 맡긴 발끝일 것
여기서 춤추어라, 오늘이 천국이다

포도알처럼 짙은 눈동자로 너를 보는 내게
내게 무엇을 들려줄래
붉게 갈라진 혀가 꽃의 피어난 그것과 같구나
고양이야

통영 미니어처

호텔 엔초비를 기억하십니까

충무였다가 통영이라 불리는 그곳
영영 바람머리 날리는 백석이 있고
말없이 사랑하다 죽는다는 천희와
천희들의 후예들이 있는

나는 오늘 상춘객
오래전 문답을 떠올리며 뒤늦게 완성하는 일
한 사람이 묻고 한 사람이 대답하는

항구에 도착하자마자 엔초비가 무슨 뜻이지 네가 물었고 엔초비는 정어리, 청어목 청어과의 바닷물고기지 대답하며 웃었는데요

방의 가장 안쪽까지
안 들리는 파도 소리가 밀려왔나 밀려갔나
노을에 물들었나 우리가

오래전 시인은 저문 유월의 바닷가에선 조개도 울을 저녁이라고 썼습니다 우는 저녁이라고 쓰지 않은 그가 나는 그렇게 좋아

기억은 윤슬로 반짝이는 중입니다
목소리는 없는데 귀가 아득하다면
통영은 없는데 통영 미니어처가 있다면
붉은 노을 대신 먼지 입자가 있다면

이야기 안에서도 밖에서도 망설임, 해 질 녘 케이블카에 아직 우리 둘이 앉아 있을 것만 같고 저만치 아직 완성해야 할 문답들이 나를 기다리고 있어요

별 대신 함부로 불을 켜지 않겠습니다
다짐하는

밤의 호텔 엔초비

춘분

비로소 봄을 나누다
눈 감았다 뜨면 꽃 한 송이 피어나듯
마음을 나눴던 것과 같이
혹은 그보다 더한 그 무엇을

오늘은 낮과 밤의 길이가 같은 춘분
과연 나누는 일 사이좋게 애틋하다
애틋하게 함부로
밤에 피어나기를 즐겨했던 꽃, 몸들

문득 종이 한 장을 절반으로 나눠
편지를 주고받던 그 풍경을 기억이라 부르자
지나간 문장을 읽을 때 차오르는 무엇을
구슬 같은 눈물이라고 부르지 말자
텅 빈 동공에 풍경이 차오르고 있으므로

더는 수소문할 수 없는 헤어짐을
이별이라 부를 때

중력을 이겨내며 힘껏 갈라섬을
작별이라 부르지 말자, 모쪼록
저기 안 보이는 커다란 손이
낮과 밤의 경계를 붉게 가르듯
모든 우리라는 이름은
한 사람과 다른 한 사람으로 돌아간다

알고 있니
하나의 선을 지키기 위해
너무 많은 악이 필요했다는 걸
깊어지는 것으로 말하는 그늘진 얼굴처럼
꽃의 온몸에 밤그림자가 드리워져 있다
한낮의 아름다운 구슬들이 흩어지고

저만치 연착되는 안부 대신
종종걸음으로 도착한 꽃샘추위를 맞이하자
때로 잊고
그보다 더 자주 기억하며

펠롱 에일

숲인듯 덤불인듯
곶자왈, 곶은 숲 자왈은 덤불이라는데

아무렇게나 밑줄 그었던 기억, 나무를 보지 말고 숲을 보라거나 손가락이 아닌 달을 보라는 문장에

너를 위한 선물은 해맑게 아침 숲을 뛰어다닌 것 이끼의 초록에 미끄러지거나, 덤불과 같이 마구마구 타오르는 마음을 준 것

그런 나를 너는 천둥벌거숭이라 부르고 천둥도 벌거숭이도 너무 잘 어울려, 잘 어울려 노래를 불렀는데요

봄밤에 도착했어요
반짝반짝 작은 별 부를 때
작은 별 펠롱펠롱 부르는 대로

기억은 그렇게 다시 태어납니다

이 섬에서는 반짝을 펠롱이라고 한대 무분별하게 용감한 겁쟁이들이 모이는 곳이래 반은 나고 반은 너를 우리라고 부른대

기억 속에서도 벌거숭이인 내가 떠올립니다
그 밤 펠롱 에일을 나눠 마시는 동안
천둥을 폭죽 소리로 들었던 우리

밤의 노트를 덮을 수 없어요
가진 적 없는 너를 잃었다고 그토록 상상했나
한 번도 가보지 못한 곳을 내내 그리워하듯
총총 별자리 대신
먼지 고요한 필라멘트 전구들, 예쁜 쓰레기

기억을 켤까요
함부로 한 고백이 뒤늦게 달콤합니다

처음, 뵙겠습니다만

밤의 크루아상과 토끼

밤 산책합니다
하늘엔 노란 크루아상이 걸려 있어요
초승달이라는 이름의 빵을 좋아했던 한 사람

문득 인간은 포유류
따뜻하게 데운 흰 우유와 설탕 알갱이

울고 싶지만 우는 법을 잊어버렸다고요
나는 오지 않는 잠을 기다리다
마중 나오는 일이 자주 있습니다

가끔은 산책길에 빨래를 하기도 하지요
코인을 넣으면 싱싱 돌아가는 빨래들

아무리 노크를 해도 이제는 열리지 않는
한 사람의 마음을 가만히 떠올려봅니다
있는 그대로 바라볼 줄 안다는 건 어른의 일입니까
나는 아직 어른이 되지 않겠습니다

그날의 소풍
우리가 페달을 밟지 않아도
신나게 돌아가던 자전거 바퀴

옷에는 주인의 정령이 스민다고 하는데
한 사람이 즐겨 쓰던 수건이 빙빙 돌아가고 있네요
초록 수건 위로 토끼 한 마리 뛰어놀고 있습니다
오른쪽 귀는 무언가 쫑긋거리는 중이고요
왼쪽 귀는 무심히 접혀 있습니다

저만치 그림자를 드리우고 서 있는 사람은 누구입니까
내 눈에만 보이는 검은 얼룩, 얼룩들

토끼가 해맑게 웃으면 웃고
찡그리면 찡그리는 동안
토끼도 나도 점점 알 수 없는 표정이 되어가네요

애써 기억을 표백하지 않아도
한 사람의 이목구비는 최선을 다해 지워지는 중입니다

띵, 종료음이 울리자
봄날의 자전거 페달도 함께 멈춥니다
안녕

그림자 하나
새벽을 향해 스며들며

대신 쓰는 일기

우리는 모두 처음 태어난다 돌아오는 한 사람의 생일, 늦은 저녁 미역 한 줌을 물에 담궈 불린다 부드러워져라 주문을 외우다 희미하게 웃는다 밤새 어둠이 무럭무럭 자라는 동안 미역도 최선을 다해 불어날 것이다 불어난 미역을 보면 언젠가 엎드려 울던 한 사람이 떠오른다 언제나 너무 많은 위로들이 범람하고 그럴수록 헝클어지는 마음을 법칙이라 부르지 않는다 문득 새끼를 낳고 맨 처음 미역 줄기를 뜯어 먹은 고래의 안부가 궁금해지는 시간, 왜 바닷속에서는 웅웅 소리가 들리는 걸까 잠긴 말들은 언제 떠오를까 미역이 밤밤밤 불어나고 있다 웅크린 기억들이 몸을 풀면, 이제 남은 한 사람은 귓바퀴에 세 들어 사는 이야기를 되풀이할 수 있을 뿐 남겨진 슬픔이 한 사람의 일기를 대신할 수는 없다 선잠이라는 말에는 오래된 뒤척임이 묻어 있고 약속도 없이 아침이 밝는다 거짓말처럼 불어난 미역으로 국을 끓인다 한 사람만 결석한 한 사람의 생일, 우리는 모두 처음 죽는다 아직 오지 않은 문장들이 방안을 맴돌다 가라앉는다, 떠오른다

워터프루프, 여름밤

열대야, 습도 90퍼센트

사람도 곧 아가미로 숨 쉴 때가 오지 않을까 농담을 듣고 나는 물 먹은 별을 떠올렸고

모든 진화에는 이야기가 담겨 있다는데 한 동작을 일생 동안 반복한 생활의 달인들을 보고 있으면 어느 순간 슬퍼졌다

여름 선물을 건네며 너는 해맑게 웃고 신기하지 물에 젖지 않는 책이라 했다 스톤 페이퍼, 채석장의 버려지는 돌로 만들어졌다는 설명과 함께

모든 종이는 나이테의 기억을 갖고 있는 줄만 알았는데, 돌의 입자로 만들어진 종이라니 마음이 기우뚱— 균형추가 잠시 움직였다

만약 완전히 물에 젖어버리면 어떡하지 나는 물었고 변

형 없이 다시 말리면 복원된다며 너는 흐뭇해했다 변형없이, 라고 힘주었지만 어쩐지 망설여지고

금방 울 것 같은 물 먹은 별 이제 나도 바위처럼 단단한 사람이 되어야 해 그래야 해

고마워
여름밤 욕조에서의 독서

습기에 구애받지 않는 종이라니 구애를 열애로 잘못 읽는 종족임을 들키지 않아야 한다

물 속의 문장들이 하나둘씩 일렁이는데, 한 번역가가 사랑한다는 고백을 오늘 밤 달이 참 밝다라고 번역했다는 이야기가 쓰여 있다

워터프루프, 여름밤

붉은 점박이 호박

나오시마 섬 사진 속에는 투명하게 웃는
두 사람이 살고 있다

탁 트인 선착장에 놓여 있던
붉은 점박이 호박 조각을 쓰다듬었었나
밤이면 누군가 몰래 찍어 놓고 간
점들이 마구 늘어난다는

이제 서사는 사진 속에서만 투명하고
벌써 몇 년째 선착장은
사진 모음 폴더에서
무언가 지워지고 남은 공백을 닮아간다

호박 조각을 만든 그녀가
병원과 스튜디오를 오가며
활발하게 작업하고 있다는
인터뷰를 잡지에서 본 적 있다

오늘의 호박은 조각이라기보다
수많은 점이 눈앞을 메우는 환각
잠재워지기보다는 자라나는 것들

호박을 떠올릴 때마다
사진 모음 폴더 밖에서 폴더 안으로
돌아오려는 기억이 자꾸만 살아났다

두 사람의 웃음소리가
선착장의 해풍을 가르며
여전히 부서지고 있을 것 같다
생각만으로도 헝클어지는 머릿속

셀 수 없이 많은 호박 씨앗처럼
떠오르는 에피소드
마음에 점 하나 찍고 지우기를
반복하는 규칙성일까

솔직히 여행 사진 모음을 폴더에 저장할 때
호박은 이미 거기 없었다
호박은 지워진 호박이었고
인스타의 피드는
그저 후일담일 뿐이었는데

그런데 왠지
나오시마를 떠올릴 때마다
붉은 점박이 호박 하나가
빈 폴더 같은 내 방 속으로 다시 굴러 들어와
넝쿨을 뻗으려고 한다

눈 감았다 뜨면
흰 벽지에 떠다니는
호박의 붉은 점, 점들이
밤새 나를 내려다보고 있는 것만 같고

장난감 신부

장난감신부살결에서 이따금 우유내음새가 나기도 한다. 머지아니하여 아기를낳으려나보다. 촛불을끄고 나는 장난감신부귀에다대이고 꾸지람처럼 속삭여본다. "그대는 꼭 갓난아이와 같다."고……[☾] 장난감 신부도 아니면서 살결에서 우유내음새가 나는 한 사람을 알고 있다 그는 머지않아 아기를 낳을 일이 없다 꾸지람처럼 속삭여보아도 좋다 그대는 꼭 갓난아이와 같아서, 같지 않아서

☾ 이상, 「I WED A TOY BRIDE」 부분.

4부

키위, 새

무엇이 먼저입니까
키위와 키위새

이렇게 아름답지 않은 새는 처음입니다 진흙을 뭉친 듯 온통 거친 털로 뒤덮인 동그란 몸 날개가 퇴화되어 더 이상 날지 못하는, 천적이 없어 더 아득한

머루랑 다래랑 먹고 청산에 살어리랏다 얄리얄리 얄라셩 얄라리 얄라 키위의 옛 이름은 다래, 내가 유일하게 즐겨하는 일은 의미 없는 후렴구를 반복하는 것

당신은 모든 것에서 의미를 찾으라고 했는데 날마다 늘어나는 당신들 중에서, 진짜를 찾으라니 어지럽기만 했어요

하나의 서사에는 저마다의 참조점이 있습니다 어느 부족이 키위 키위, 하고 우는 데서 이름 지어줬다는 키위새

새는 우는 겁니까

노래하는 겁니까 새는

나는 그저 분홍분홍 우는 것으로 노래할 뿐 투명한 광기가 견고하게 쌓여갑니다

어떤 문장에도 밑줄 긋지 않겠어요, 다짐하는 사이

얄리얄리 얄라셩 얄라리 얄라 머루랑 다래랑 먹고 청산에 살어리랏다, 혼자 부르는 돌림 노래에도 엇박을 잘도 넘나들다니

참 다행인 것 같아요 눈보다 귀 밝은 키위새처럼 소리로 볼 줄 안다는 거

관계없습니다 키위새와 키위 중 무엇이 먼저인지 다만 오래된 책장을 펼쳐 행간에 귀 기울이고

키위의 검은 씨에 들어 있다는 항우울 효과에 기대는

것으로 충분함

그보다 우선
키위와 새 사이에 가만히 쉼표를 찍어보는 겁니다

얄리얄리 얄라성 얄라리 얄라

봄편지

밤의 슬픈 공기를 원고지 위에 놓고 창백한 친구에게 편지를 씁니다 그 속에는 한 사람의 부고訃告도 함께 동봉하여 있습니다 언제쯤 편지를 보낼 수 있을지 모르겠습니다 이번 봄에도 바다 밑 부고를 동봉할 수 없게 되었습니다 마침표를 찍지 못하고 있습니다 편지 속 문장이 이어지는 중입니다 모쪼록 밤의 슬픈 공기를 원고지 위에

어린 양의 분홍 발굽

한 사람과 한 사람이
주고받은 문장들을 이어 붙이면
지구 몇 바퀴를 돌 수 있을까
차라리 노래, 즐겨 읽기에 좋은 문장들

멀리서 가까이서
규칙보다 없는 규칙으로 가득했던 문법
언제나 밑어의 완성은 귓바퀴에서, 호흡
편지 속 표식은 한 사람의 습관
모서리 여백에 그려 넣은 그림들이 서툰 만큼 예뻤다
꽃송이와 양 떼와 구름무늬

자음과 모음들의 낮은 음자리
표식들을 손끝으로 쓰다듬다 문득 잠이 들면
잠의 벼랑 끝까지 따라온
구름 향이 묻어 있는 어린 양 한 마리
한 발 내딛을 때마다 분홍 발굽에서 꽃물이 번졌다
가늘게 울며 노래하는 애야

여기서 왜 서성이고 있니, 주인도 없이

이제 한 사람은 돌아갔고
꽃아 어린 양아 구름아
그가 지구에 다녀갔다는 유일한 증거, 아름다운 표식들
과연 꽃향기에 귀가 멀 수도
구름에 발이 묶일 수도 있구나
세상에 어린 양아, 언제까지 벼랑 끝에 서 있을래

가까이서 멀리서
우는 어린 양을 달래다 한 생이 갈까, 간다
꽃 피고 지는 동안
구름이 모였다 흩어지는 동안
꿈꾸는 양 한 마리
밤새 울며 노래하는 사이, 단단한 발굽을 그리며

양 한 마리에 축복을
양 두 마리에 재앙을

양 세 마리에 재앙 같은 축복을
끝나지 않는 돌림노래 들려줄게
호흡, 언제나 밀어의 완성은 귓바퀴에서

말에게 속삭이는 사람

더이상 채찍과 결박에도 말을 듣지 않는다며 너를 데리고 왔다 호기심이 대단해서 곁눈가리개를 못 견뎌 한다고도 했다 곁눈가리개부터 없애주었다 그래도 한동안 땅을 차고 뜨거운 콧김을 뿜어내다 멈춘 너는 지쳐 잠든 것처럼 보였다 한 뼘 가까이 다가갔다 귓속말로 참 외롭고 힘들었겠구나, 라고 인간의 말을 속삭일 뻔했지만 하지 않았다 아무 말도 하지 않기 위해 노력했다 한 뼘 더 가까워졌을 때 너는 홀로 있거나 위로 받는 것보다 이야기를 좋아하는 습성이 있다는 걸 알게 되었다 먼 데 꽃 피고 지는 이야기를 속삭여주었다 고개를 주억거리며 대답했다 피고 지는 이야기는 끝이 없구나 없는 거구나

무럭무럭 인디언 소녀

인디언 소녀 애니와 할머니 이야기, 사람이 어디에서 와서 어디로 가는지 질문을 주고받는 그 동화책 있잖아요

불면의 날들 침대맡에서 서로에게 읽어주던

부족 사전 속 일생의 뜻은 양탄자를 짜는 시간들이라고 쓰여 있을까요 어느 날 소녀는 할머니의 말씀을 듣게 됩니다 저 양탄자가 다 완성될 즈음 나는 땅의 어머니께로 돌아간단다

모두 잠든 밤 소녀는 반쯤 완성된 양탄자를 한 올 한 올 풀어버리지요 풀려나온 실뭉치를 바라봅니다 동글게 말아 놓은 실뭉치를 베개 밑에 넣어두고 잠이 들어요 별들이 밤의 웅덩이로 내리고

밤새 범람하는 은하수 나는 안과 밖의 솔기가 따로 없는 흰 잠옷을 입고 건너간다, 함께 잠든 그날의 밤으로

이제는 없는 한 사람의 얼굴 인디언 보조개라 불리는 눈 마주치면 찡—하고 웃는 습관이 있던 사람, 나는 아직 그 장면을 번역 중입니다

나쁜 춤에서 어서 탈출하자 잠든 한 사람의 찡그린 미간을 쓰다듬던 밤, 천천히 잠의 안과 밖이 지워지던

한 시인은 보조개를 천사의 실수라고 했다는데 온통 망가지고 잘못 날아온 기억들 투성이, 그러나 아름다운 재앙이거나 불운한 축복이라면

다음 날 할머니께서는 소녀를 가만히 안아주셨습니다 한 번 시작한 양탄자는 매듭지을 수밖에 없단다 바람 가득한 평원이 마지막 장면이던 서사였지요

여기 별들도 돌아간 밤의 웅덩이
무럭무럭 자라는

네가 그린 동그라미는 잘도 도네 돌아가네˚

빨간 꽃 노란 꽃
꽃밭 가득 피어도
하얀 나비 꽃
나비 담장 위에 날아도
따스한 봄바람이 불고 또 불어도
네가 그려놓고 간 동그라미는 잘도 도네 돌아가네
흰 구름 솜구름
탐스러운 애기 구름
짧은 셔츠 짧은 치마
뜨거운 여름
소금 땀 비지 땀
흐르고 또 흘러도
네가 그려놓고 간 동그라미는 잘도 도네 돌아가네
저 하늘엔 별들이 밤새 빛나고
찬바람 소슬바람
산 너머 부는 바람
간밤에 편지
한 장 적어 실어 보내고

낙엽은 떨어지고
쌓이고 또 쌓여도
네가 그려놓고 간 동그라미는 잘도 도네 돌아가네
흰 눈이 온 세상에
소복소복 쌓이면
하얀 학교 하얀 불빛
새하얀 얼굴들
우리들 청춘이 저물고 저물도록
네가 그려놓고 간 동그라미는 잘도 도네 돌아가네
운동장에는 스탠드 불빛이 밤새 비추고
빨간 꽃 노란 꽃
꽃밭 가득 피어도
하얀 나비 꽃
나비 담장 위에 날아도
따스한 봄바람이
불고 또 불어도
네가 그려놓고 간 동그라미는 잘도 도네 돌아가네
네가 그려놓고 간 동그라미는 잘도 도네 돌아가네

노래를 찾는 사람들의 노래 〈사계〉에 기대어 쓰다.

찰리와 초콜릿 공장

찰리는 소년 가장
밤 늦게까지 신문을 돌리고
가족들의 저녁이 될 딱딱한 빵 한 덩이를 사서 돌아간다
그럼에도 불구하고 얼굴에 그늘이 없고
그늘이 없다는 말은 이미 서늘하고

영화 속에서 윌리 웡카의 초콜릿 공장을 견학하게 된 네 명의 욕심꾸러기와 소년 가장 찰리

초콜릿 강물을 손에 떠서 몰래 홀짝이다 강 속으로 빨려 들어가게 된 아우구스투스, 결국 그 아이는 초콜릿이 흐르는 파이프에 거대한 몸이 끼어버렸지
아우구스투스는 황제의 이름만이 아니었다 초콜릿 왕국을 세웠을까

그런가 하면 어른들의 주의에도 아랑곳하지 않고 식사 대용 껌을 먹어버린 바이올렛, 온몸이 파랗게 물들어 방방방— 부풀어 올랐다

다만 껌씹기를 좋아한 것뿐인데 끝내 향긋한 껌이 되어 버린

회장님의 딸 응석받이 버루카는 지금 당장 황금알을 낳는 거위가 갖고 싶다며 품질 감별 판별기에 훌쩍 뛰어 올랐다

순식간에 소각장으로 추락해버리고 말았는데

커다란 초콜릿 바를 나노 단위의 신호로 분해하여 작게 만드는 광선, 이게 너무나 신기했던 마이크는 멋대로 기계를 작동하다 광선에 쏘이게 되었다

손톱만큼 작아진 그 아이의 발이 대롱거리고

영화의 결말

아무런 말썽을 피우지 않았다는 이유로 최후의 일인이 된 소년 가장 찰리는 윌리 웡카에게 초콜릿 공장을 물려받게 됩니다

그는 찰리를 꼭 껴안으며 말합니다
찰리야 원하는 모든 것을 갑자기 손에 쥔 사람들에게 어떤 일이 일어났는지 절대 잊어서는 안 된다

어떻게 되었는데요
찰리가 묻습니다

행복하게 오래오래 살았단다
윌리 웡카는 찰리를 더 꼭 껴안아줍니다

잔혹동화라는 말이 나는 아직 무섭고
왜 찰리의 기쁨보다
아우구스투스와 바이올렛과 그리고 마이크의
안위가 오늘까지도 궁금한지

알로하 알로하

기억나, 우리 빗속에서 춤췄던 거

비가 이렇게 쏟아지는데 길가 푸드 트럭 전기구이 통닭이 빙글빙글 돌아간다 왜 돌아야 되는지도 모르고

무심코 홀리홀리, 라고 발음하고 뒤늦게 내가 놀라는 밤 파란색 신호등이 켜지기를 기다리며 바라보는 통닭

사거리 신호 체계는 복잡하고 길다 나는 여기 선 채로 영원히 기다리는 사람이 될 것만 같고 비에 녹을 것만 같고

언제까지 이 비가 계속 쏟아질까, 사계절 내내 쾌청할 것만 같은 하와이

바라보는 동안 어지러운 통닭이 천천히 작아져 하나의 점이 되어가고, 금세 지구 반대편으로 날아갈 것만 같다

언젠가 수화기 너머 너는 여기 하와이에서는 홀리홀리

치킨을 즐겨 먹는다고 말했었다 돌려돌려 뜻이야, 아 그렇구나 재밌다 웃었었지

신호등은 바뀔 줄 모르고 오늘밤 하와이를 지나 블랙홀로 빨려 들어갈 것 같은 통닭 점점

어서 집에 가 비가 이렇게 쏟아지는데 누구를 기다리는 거니, 말하는 것만 같고

아직 가보지 못한 그곳에서는 여전히 머리에 플루메리아를 꽂은 사람들이 훌라춤을 추겠지 꽃목걸이 걸어줄게 언제든지 와, 라는 문장만 오래 다정하다

오늘 밤 나도 태양신에게 결실을 기원해볼까 무척 향기롭다는 플루메리아 꽃, 하와이 바닷바람을 떠올리는 동안 한 사람의 이름이 지워지는 중이다

난 참 많이도 하와이안 셔츠를 입고 와이키키 해변에 앉

아 있는 한 사람의 뒷모습을 상상했다, 이제는 정물이 된

결실이라니 알로하, 어떤 순간도 당신과 함께한다는 뜻이라는데 이제 우리는 춤을 나눌 수 없고

비 내리는 동안만 홀리홀리 훌라훌라

복숭아 라이브 드로잉

무언가 갑자기 떠오른 사람처럼 한 사람이 자리를 떠났다 같은 생각을 떠올리지 않은 나는 자리를 지켰다 열두 번째 나무 아래 오래 서서 복숭아 열매를 바라보았다 천천히 차오르는 생각 혹은 열매, 펜을 들고 있지 않았지만 복숭아 라이브 드로잉은 계속되었다 드로잉이 끝날 때까지 그 자리에 머물러야만 할 것 같았다 무해한 복숭아를 응원하기 위해 무럭무럭 차오르는, 물큰

발문

당신의 안부를 묻다

남승원 / 문학평론가

잡동사니 가득한 당신의 서랍 속에도 오래전 받은 편지가 있는지 문득 궁금해집니다. 겉봉투의 글자는 희미해지고 언제 받았는지 기억조차 나지 않는 편지들 말입니다. 그렇다면 아마도 당신 역시 그 내용을 읽기 시작하자마자 잊고 있던 과거 속 일들이 하나하나 되살아나는 신비한 경험을 한 적이 있을 겁니다. 당신과 나는 그렇게 우연히 발견한 편지 때문에 마음먹고 시작한 방 청소를 끝내지 못하는 사람들입니다. 그렇게 편지는 버리지 못한 물건들과 함께 다시 서랍 속으로 들어갔을 겁니다.

당신이 보낸 편지들도 누군가의 서랍 한쪽을 차지하고 있지 않을까요. 세상의 다른 일이 어떤지 저는 잘 모르지만, 편지를 받을 수 있는 유일한 방법이란 더 많은 편지를 보내는 것뿐이라는 사실은 알고 있습니다. 간절하게 답장을 기다리곤 했던 시절의 추억에 정작 편지지를 펼쳐두고 책상 앞에 웅크린 채 지샜던 밤의 기억이 더 많이 남아 있는 이유도 이 때문입니다. 서랍 속의 편지 한 통은 그 오랜 시간의 흔적이며, 그것을 주고받으며 깊어갔던 우리들의 내밀함을 그대로 간직한 감정의 화석이라고 말하고 싶습니다.

어느새 누구와도 편지를 주고받지 않게 된 지금 이은규 시인의 첫 시집에서 「심야발 안부」(『다정한 호칭』, 2012)를 다시 꺼내 읽어봅니다.

> 완성된 편지를 접어두고 잠이 든다.
> 붙잡을 수 있지만
> 유예될 수 없는 문장들로 가득한 밤
> 이번 편지도 수신인에게 잘 도착할 거라는 예감
>
> 베개 밑 심야발 안부를, 아침에서야 받을
>
> -「심야발 안부」 부분

당신에게 편지를 쓰던 그 시간의 기억이 모두 되살아나

는 기분입니다. 그것은 아마도 시인 역시 자신의 창작 행위와 편지를 쓰는 일을 겹쳐두고 있기 때문입니다. 시인에게도 밤이 되면 옮겨 적을 수밖에 없는 문장들이 찾아온다는 사실이 반갑기도 합니다. 이렇게 그의 작품들은 한 통의 편지처럼 언제나 구체적인 수신자의 존재를 상상하게 만들어 줍니다. 그의 시들이 마치 베개 밑에 넣어둔 '안부'처럼 밤과 함께 깊어만 가는 내밀함의 세계를 펼쳐 보이는 까닭입니다. 그래서인지 그가 즐겨 사용하는 꽃이나 나무, 그리고 새와 별 같은 일상적인 소재들은 오히려 개인의 고유한 경험적 시간을 강렬하게 환기합니다. 날씨가 어떤지 말하고 있는 편지 속 평범한 안부의 말이 때로는 그보다 더 좋을 수 없는 위로가 되어주기도 하는 것처럼 말입니다. 사신私信의 세계가 가진 힘이라고 말할 수 있을까요.

이은규 시인의 세 번째 시집인 『무해한 복숭아』에서 저는 다음의 작품을 몇 번이고 반복해서 읽게 되었는데, 앞서 떠올려본 특징이 하나의 세계관으로 확장되고 있다는 생각이 들었습니다.

오늘은 낮과 밤의 길이가 같은 춘분
과연 나누는 일 사이좋게 애틋하다
애틋하게 함부로
밤에 피어나기를 즐겨했던 꽃, 몸들

문득 종이 한 장을 절반으로 나눠
편지를 주고받던 그 풍경을 기억이라 부르자
지나간 문장을 읽을 때 차오르는 무엇을
구슬 같은 눈물이라고 부르지 말자
텅 빈 동공에 풍경이 차오르고 있으므로

-「춘분」 부분

봄을 맞는 마음을 이토록 세밀하고 아름답게 그려내다니

요. 실제로 우리는 계절 중에서도 봄을 오랫동안 간절히 기다려온 기분으로 맞이하곤 합니다. 아마도 상대적으로 가장 혹독한 시기인 겨울을 지낸 뒤이기 때문이겠지요. 절기를 통해서 계절의 변화를 가늠해보는 일은 흥미로운데, 그 중에서 낮과 밤의 길이가 같아진다는 '춘분'은 봄을 가장 확실하게 알려주는 날이기도 합니다. 이때 시인은 '봄을 나누다'라는 사전적 말뜻을 포착하고 곧 타인과의 만남이라는 의미로 전환시킵니다. 이어서 "사이좋게 애틋"한 감정과 결부시켜 결국 독자들의 내면으로 좀 더 가까이 다가가게 만듭니다. 이제부터 춘분을 "종이 한 장을 절반으로 나눠/편지를 주고받"으면서 서로의 안부를 묻는 날로 기억해도 좋을 것 같군요.

시간적 배경과 의미와의 연관을 통해 단순하고도 명확한 시적 상황을 만드는 일이야 우리에게도 익숙한 일입니다. 하지만 시인이 이 모든 과정들을 "편지를 주고받던 그 풍경"으로 인해 가능한 것으로 만들고 있다는 사실은 강조하고 싶습니다. 가령 다른 작품인 「봄편지」를 보면 시인은 누구에게 전할지조차 결정하지 못한 상황에서도 편지 속 문장을 계속 이어가는 중입니다. 그러니까 시인에게는 반복되는 계절의 변화처럼 지극히 일상적 순간들조차 편지를 받을 구체적인 대상을 떠올리게 만드는 계기가 되는 것입니다. 종종 편지를 쓰곤 했던 때 흔히 계절과 관련된 안부로 시작하던 기억이 떠오르겠지요. 하지만 편지에서 확인하는 그 단순한 문장들이 최대치의 감정을 폭발시키는 경험도 분명히 해봤을 겁니다. 시인의 태도는 이처럼 편지 쓰기의 행위로 자연스럽게 만들어지는 의미 범주 안에서 이해되어야 합니다.

이것은 그리움과 같은 보편적 정서의 표출이라는 데에 머물지는 않습니다. 그에게 '편지'는 "한 사람"과 다른 "한 사람"을 인식하는 계기로 나아갑니다. 저는 이것이 이은규 시인의 윤리적 감각이라고 생각합니다. 조금 더 이해해보기 위해 다음 작품을 같이 읽어보는 것이 좋겠습니다.

기원은 멀리 초원의 일
목동들은 양 떼가 맹수들에게 잡아먹히면 어쩌나
밤늦도록 걱정하는 일이 많았다고 합니다
무사히 우리 안으로 뛰어드는 양들을 상상하며
잠을 청했다는 책의 한 페이지

(…중략…)

모든 포유류의 울음에는
별들의 희미한 메아리가 새겨져 있고
서사의 탄생을 누군가 지켜보고 있습니다

(…중략…)

서사 밖에서 떨고 있는 목소리가
세계의 모든 소음을 바라보고 있습니다

하얀 잠 속으로 양 떼가 뛰어 들어오고
손등에 내려앉는 순간 스며드는 불행처럼
밀어낼수록 가까이 불어오는 눈송이, 눈송이들

숨겨놓은 베개 밑 노트의 문장
한 사람에게는 한 사람의 서사가 있습니다

–「밤의 하얀」 부분

작품의 의미를 구성하는 전체적인 배경에는 '양'과 관련된 여러 비유의 세계가 차용되어 있습니다. 잠이 오지 않을 때 흔히 거론하는 방식이나 잃은 양을 찾는 목자의 이야기, 그리고 인간의 죄를 대속하는 제물 등이 그것입니다. 물론 그것의 내포적 의미들을 고스란히 따라갈 필요는 없습니다. 다만 시인에게는 중요한 시간적 배경인 '밤'과 '양'이라는 소재와의 관련성은 놓치지 않아야 합니다. 그렇다면 여기에서 먼저 '밤'은 "양 떼가 맹수들에게 잡아먹히"지나 않을까 목동들을 걱정하게 만드는 것처럼, 누군가의 안부에 대해 끊임없이 고민할 수밖에 없는 필연적 조건이라는 사실을 알 수 있게 됩니다. 밤만 되면 누군가를 향한 문장들이 어쩔 수 없이 찾아오곤 했던 것처럼 말이지요.

밤을 배경으로 한 편지 쓰기의 행위는 구체적 대상으로서의 타인을 고려하는 이은규 시인 특유의 감각이자 시적 구조라고 할 수 있습니다. 말하자면 이은규 시인은 특정한 수신자를 향한 쓰기가 아니라 이미 존재하는 수신자들로 인해 쓰기를 멈출 수 없는 것처럼 보입니다. 역설적이라고 할 수 있는 그의 시 쓰기는 우리들에게 시를 쓰는 주체보다 오히려 시 작품 전체에 선행하는 복수複數의 수신자들을 상상하게 만들어줍니다.

나와 다른 존재인 타자에 대한 인식은 이제 철학적 사고의 논리 차원에만 머물지 않게 되었습니다. 주체로서의 나자신을 정립하는 것도 중요한 일이지만, 나와 다른 것을 가지고 있는 타인을 고려하지 않는다면 그것은 폭력적 시스템에 대한 섣부른 동의에 불과해집니다. 역사 속에서 우리가 수없이 반복해온 실수들처럼 말이지요. 타자를 인식하는 중요성과 관련해서 '대면이 곧 윤리'라고 했던 레비나스의 말은 이은규 시인의 시적 태도를 관통하면서 한층 더 이해할 수 있게 됩니다. 앞서 말해본 시인의 윤리적 감각은 이처럼 타자와의 대면을 필연적으로 이끌어냅니다.

시인이 펼쳐내는 밤의 시간 속에서 '양'은 인간의 필요에 의한 도구적 대상이기보다 저마다의 "서사"를 가진 존재로 인식되고 있다는 사실도 이제 명확해집니다. 그렇다면 시집 『무해한 복숭아』를 읽게 되는 독자들이라면 누구나 시인을 따라 "밤새 안 들리는 문장들에 귀 기울여/서사를 기록"할 수밖에 없게 될 겁니다. 저 아름다운 말 그대로 "한 사람에게는 한 사람의 서사가 있"기 때문이라는 사실을 발견하게 된 이상 말입니다. 우리가 윤리에 대해 더 많은 이야기를 나누어야 하는 것은 이처럼 나와 다른 존재들과의 만남을 가능하게 만드는 유일한 방식이기 때문입니다.

> 해 질 녘 창가
>
> 둥근 탁자가 있습니다
>
> 천천히 데운 흰 우유가 있습니다
>
> 접시 위에 카스텔라가 놓여 있습니다
>
> 나이테를 기억하는 나무 포크가 있습니다
>
> -「카스텔라의 건축」 부분

이 시를 시인의 윤리적 감각에 대한 이해를 바탕으로 세심하게 읽어봤으면 합니다. 시간적 흐름과 함께 탁자 위의 사물들을 하나하나 천천히 묘사하고 있는 시인의 시선을 따라가다 보면, 우리 역시 자연스럽게 "카스텔라"가 놓은 "탁자"의 주변에 둘러앉은 사람들 중의 하나가 됩니다. "카스텔라를 나눠 먹"는 사람들의 모습과 실제 우리의 경험이 적극적으로 공유되는 것도 당연하지요. 그 속에서 음식을 앞에 두고 누군가와 마주했던 순간의 무수한 감정들이 자연스럽게 떠오릅니다. 그런데,

아직 해 질 녘 창가와
탁자와 우유와 나무 포크와
노을과 카스텔라와 설탕 알갱이가 있습니다만
이름이 지워진 안부를 수소문 중입니다
한 사람만 결석한 한 사람의 생일

- 같은 시, 부분

이라는 진술에 이르면 다소 예상하지 못했던 장면을 만나게 됩니다. 첫 장면에서 음식을 차려두며 누군가와의 만남을 예비하던 모습이 사실 더 이상의 만남을 기약할 수 없

는, 상실한 대상을 향한 것이었다는 사실이 드러나기 때문입니다. '카스텔라의 건축'이라는, 불가능한 소재가 동원된 모순적 의미는 사실 대상을 향한 애도의 행위였던 것입니다. 그렇다면 시인이 보여주고 있던 "하루 한 번 일용할 양식인 카스텔라를 굽"는 행위는 수동적인 기다림의 행위라고 할 수 없습니다. 오히려 상실을 이겨내기 위한 가장 적극적인 방식이며, "이름이 지워진 안부를 수소문"하는 자들을 한 자리에 불러 모으는 연대의 가능성을 꿈꾸게 만듭니다.

이은규 시인은 이렇게 자신의 윤리적 감각을 통해서 우리가 살아가는 이 세계를 다시 써나가는 것을 두려워하지 않는 것처럼 보입니다. "아직 그 장면을 번역 중"이라고 말하면서도 그는 언제라도 다시 "불면의 날들" 속으로 기꺼이 들어가고자 하는 한편(「무럭무럭 인디언 소녀」), "한 줄 쓰면 한 줄 지워지는 문장들"(「흰 숲」)에 아랑곳하지 않고 끊임없이 적어나가고자 합니다. 이 같은 그의 다짐은 사실 시집 『무해한 복숭아』의 어디에서라도 찾아볼 수 있습니다만,

표제가 된 구절을 포함하고 있는 다음의 작품을 빼놓을 수 없습니다.

> 무언가 갑자기 떠오른 사람처럼 한 사람이 자리를 떠났다 같은 생각을 떠올리지 않은 나는 자리를 지켰다 열두 번째 나무 아래 오래 서서 복숭아 열매를 바라보았다 천천히 차오르는 생각 혹은 열매, 아무도 펜을 들고 있지 않았지만 복숭아 라이브 드로잉은 계속되었다 드로잉이 끝날 때까지 그 자리에 머물러야만 할 것 같았다 무해한 복숭아를 응원하기 위해 무럭무럭 차오르는, 물큰
>
> –「복숭아 라이브 드로잉」 전문

제목이 한정하고 있는 시적 상황을 염두에 두고 읽기 시작했다면 작품에서 그려지는 현장이 사실은 여러모로 어긋나고 있다는 것을 금세 알게 됩니다. 참여자 중의 하나가 갑

작스럽게 떠나야 하는 것도 그렇지만 그 이전에 "아무도 펜을 들고 있"는 사람도 없습니다. 그럼에도 "복숭아 라이브 드로잉은 계속되"고 있다는 다소 단호한 어조의 말은 이 장면의 역설적 측면을 강조합니다. 아무도 참여하고 있지 않기에 어떤 방식으로든 끝을 낼 수도 없이 영원함 자체가 지속되는 상황이라고 할 수 있겠습니다.

결국 여기에서 강조되는 것은 "드로잉이 끝날 때까지 그 자리에 머물러야만 할 것 같았다"는 시인의 다짐입니다. 무엇에 대한 다짐일까요. 그것은 다시 이 작품에 그려진 상황에서 도출해내면 될 것 같습니다. 작품 속 '라이브 드로잉'은 우선 필수적인 구성 요소와 무관해집니다. 따라서 처음에 설정되었던 목적도 흩어지지요. 그러고는 끝내 효과적인 수단이나 대상조차 그 필연성이 소멸해버립니다. 이미 없는 사람과 지금 여기의 '나', 그리고 특정한 대상이 어떤 간섭도 없이 존재하는 시공간을 시인은 '무해함'이라고 부르고자 합니다. 그렇다면 "무해한 복숭아"란, 니체의 흉내를 내서 말해본다면, 모든 가치의 가치 전복을 가능하게 만드는 가능태를 상징한다고 할 수 있습니다.

이 같은 시인의 다짐이 너무 건조하게 들리지 않으면 좋겠군요. 세상의 모든 사람들을 수신자로 만들기 위해서라면 우리가 맺어왔던 관계 속의 위계들을 먼저 끊어내는 것이 필요할 뿐이니까요. 무엇보다도 그는 "편애하기를 즐겨"(「차찬텡」)하는 사람이라는 사실을 잊지 말았으면 합니다. 그러니까 지금 우리에게 도착한 이 편지는 "한 사람을 포기하지 않고 한 사람을 사랑하는 방법"(「밤의 물체 주머니」)에 대한 그의 고민입니다.

아침달 시집 30

무해한 복숭아

1판 1쇄 펴냄 2023년 3월 31일
1판 7쇄 펴냄 2025년 2월 15일

지은이 이은규
큐레이터 김소연, 김언, 유계영
편집 송승언, 서윤후, 정채영, 이기리
디자인 정유경, 한유미

펴낸곳 아침달
펴낸이 손문경
출판등록 제2013-000289호
주소 04029 서울시 마포구 양화로 7길 83, 5층
전화 02-3446-5238
팩스 02-3446-5208
전자우편 achimdalbooks@gmail.com

ISBN 979-11-89467-84-5 03810

값 12,000원

이 도서는 2022년도 한국문화예술위원회 아르코문학창작기금(발간지원) 사업에 선정되어 발간되었습니다.